L'esprit contre la Raison

PAR

RENÉ CREVEL

COLLECTION CRITIQUE N°6

L'ESPRIT CONTRE LA RAISON

Il a été tiré de cet ouvrage, le sixième de la Collection « Critique » 14 exemplaires sur hollande de rives numérotés de I à XIV, 30 exemplaires sur vélin Lafuma numérotés de 1 à 30 et 400 exemplaires sur alfa numérotés de 31 à 430.

Exemple : N°

DU MEME AUTEUR

Détours (N. R. F. — Une Œuvre un portrait).

Mon corps et moi (Kra).

La mort difficile (Kra).

Babylone (Kra).

A PARAITRE :

Perdre la tête.

Diderot et son temps.

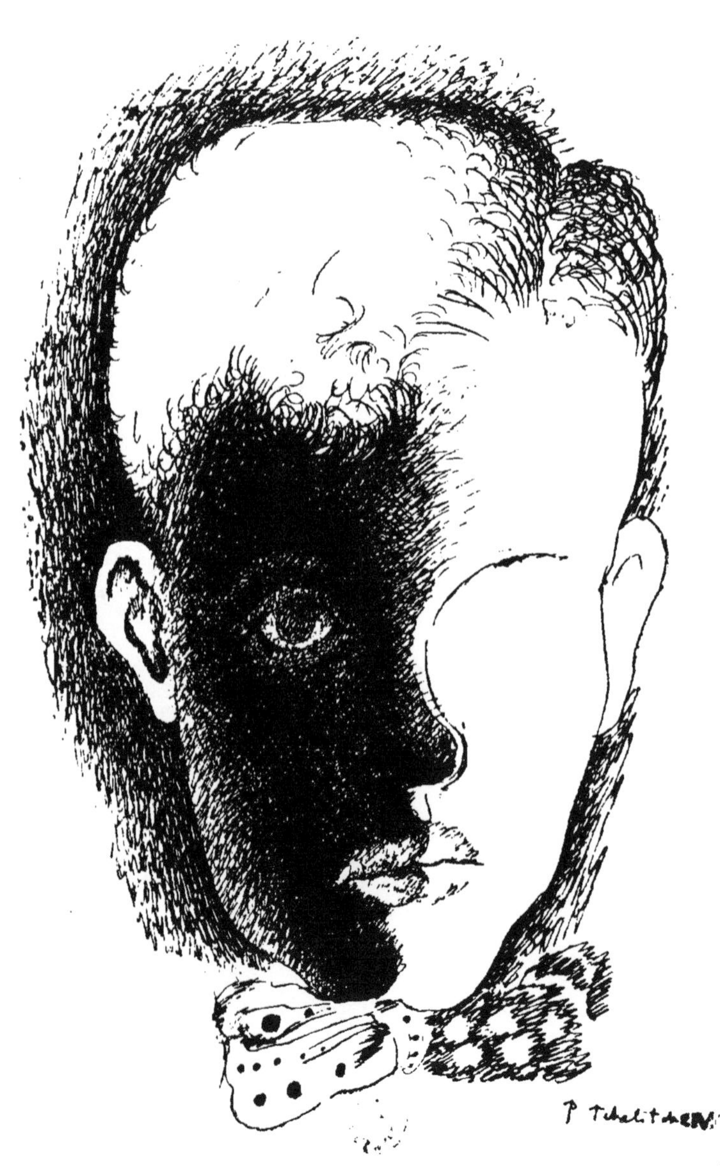

RENÉ CREVEL

L'Esprit contre la Raison

ÉDITION ORNÉE D'UN PORTRAIT
par TCHELITCHEW

LES CAHIERS DU SUD
MARSEILLE 10 Quai du Canal MCMXXVII

Dans la première de ses lettres sur la crise de l'esprit, Paul Valéry constate : *L'espoir n'est que la méfiance de l'être à l'égard des prévisions de son esprit.* Or, cette méfiance n'est pas un fait simple. L'homme a plus d'un tour dans son sac, et les raisons de sa raison s'échafaudent en sournoiseries qui, pour monumentales, n'en sont pas moins infiniment variées, avec, à leur fronton, des prétextes de logique, de tradition. Ainsi l'espoir qui désigne justement dans ce qu'elle a de primesautier, de plus ingénu, la résistance individuelle ne saurait dépeindre certaines de ses façades compliquées. D'ailleurs, si nul ne peut même songer à en vouloir aux beaux animaux de sang assez riche, de chair assez confusément opulente pour opposer une tête et un corps en toute spontanéité victorieux des pièges sentimentaux et des méchancetés de l'intelligence, quel moyen d'accepter les calembredaines et syllogismes truqués des anémiques, sots et pédants, qui, à grands fracas, se réclament de civilisation, parlent avec ostentation de vie morale, et, en fait, se contentent d'user de principes à double fond pour composer un bonheur dont la source n'a point jailli de ce morceau d'eux-mêmes, où il eut été, sinon héroïque, du moins décent qu'ils tentassent de la faire sourdre. Qu'il y ait des degrés dans leurs tricheries et des degrés aussi dans la conscience qu'ils y apportent, voilà qui ne saurait nous leurrer, ni nous empêcher de dénoncer leur mensonge glorieux ou sournois comme un véritable crime contre l'esprit.

C'est que le confortable dont la recherche est légitime tant qu'il s'agit d'arrangements relatifs, de l'installation d'une salle de bains ou d'un calorifère, nous ne pouvons accepter que veuille s'en soucier encore quiconque se réclame d'une notion supérieure. Au reste, ceux qui, pour se juger favorablement, essaient de travestir sous des termes pompeux leurs plaidoyers pro domo, n'en aboutissent pas moins au plus éperdu des galimatias. Ainsi, par exemple, de l'idolâtrie scientiste, où la masse par le plus hypocrite des jeux de mots trouvait illusion de progrès spirituel, sans, toutefois, perdre de vue les fins utiles, ni oublier les profits particuliers à tirer de nouvelles découvertes. En vérité, sous le masque de fer blanc de la Walkyrie domestiquée, sous le nickel de sa cuirasse, nul de ses dévots qui n'adorât son propre visage ou l'informe nombril de son ventre mou. La déesse Science, d'ailleurs, bien que tout le monde voulût s'obstiner à faire semblant de la croire capable d'illuminer les secrets de l'homme, n'en demeurait pas moins plus vacillante dans sa marche et fumeuse que les quinquets dont les bateleurs éclairaient leurs patelinades sur les tréteaux des foires. Alors, très vite sonne l'heure d'une résignation à d'humbles mensonges. On cherche à faire passer pour d'innocentes fleurs de sagesse les produits de l'égoïsme. Heure de sécheresse. Règne de l'ersatz. En attendant la Révolution salutaire que ce spectacle si pitoyablement faux ne peut manquer d'amener, les créatures que n'ont jamais animées le souffle de la liberté, et cependant en passe de ne plus pouvoir se satisfaire de leurs piètres conditions, sous le coup chaque jour de quelque mésaventure anecdotique, après tout un jeu compliqué d'aller et retour, de minutes agitées puis abattues, tentent encore de s'acharner à ne pas désespérer d'elles-mêmes, de leurs velléités, de leurs besoins. C'est à ce moment qu'un réconfort possible est cherché dans l'unité à tout prix. On entasse les détritus de conscience, on raboute des morceaux d'invidus. Le tout assaisonné à la sauce poussière et tradition et, allons-y de notre petite synthèse. L'être limite son existence, son pouvoir pour être sûr de soi, oublier le mystère et nier l'infini dont Louis Aragon fait si bien de nous annoncer la défense. Au vrai, prétendre se soumettre aux faits ne fut jamais que prétexte à un mode sournois de fortification. Une pensée qu'on a essayé depuis des siècles de traduire grossièrement par de nouveaux avantages immédiats a racorni, stupéfié l'individu. Il a voulu épargner ses jambes et ses heures, mais il a usé ses jambes et ses heures à chercher le moyen de les épargner. L'esprit avant sa naissance déjà avait été déclaré bien particulier. La Raison fut la pioche dont on lui apprit à se servir pour creuser sa niche à même ce qu'on appelait sans modestie culture, civilisation. Mais pas un propriétaire qui, dans sa mesquinerie, n'oubliât les avenues magnifiques du rêve. Entre les murs des écoles obligatoires, des casernes, des maisons de parlements on prétendit enchaîner les vents de l'esprit. Des bourses, des Chambres de députés étaient camouflées en temple grec et les plis lourds et faussement classiques d'une pseudo-antiquité cachaient ce soleil de soufre et d'amour qui, un beau soir, finit toujours par éclater, là-bas, très loin, plus loin que l'horizon et l'habitude.

*
* *

Pour que ne pût jaillir aucun geyser, le sol lui-même fut écrasé sous les plus lourdes pierres. L'être qui déguisait les apparences et sa propre médiocrité sous les noms flatteurs de conscience, de réalité, espérant vivre parmi prétextes et mensonges, aussi tranquille que le rat dans son classique fromage, et, comme ce rat, décidé à en vivre, d'un cœur léger renonçait à toute justice suprême, à toute grandeur.

Le « *Je pense donc je suis* » comme clé de voûte de la franc-maçonnerie individualiste, dans les piètres banlieues de l'intelligence, par milliers se multiplièrent les sordides cahutes, où les hommes crurent facile d'oublier l'inquiétude scintillante des étoiles. Bons Raminagrobis qui doutent de tout et de tous, sauf d'eux-mêmes. Mais qu'un philosophe pousse l'outrecuidance jusqu'à traiter de *folle du logis* l'imagination, l'esclavage où d'autres prétendront la réduire n'aura pas été impunément imposé. Le réveil ne saurait se résumer par une simple explosion verbale et le vrai visage romantique ne s'encadre point d'une chevelure grandiloquente, non plus que d'une cravate rouge à hurler. Des silences, quelques gestes, certaines tentations et leurs faisceaux de possibilités, bien mieux que le gilet de Théophile Gautier, prouvèrent de quoi l'homme peut être capable. Un Julien Sorel, par exemple, qui n'a point trouvé son salut dans la froide ambition, par son crime nous montre comment un fait divers devient un fait lyrique. Le jeune homme stendhalien, d'ailleurs, par sa disponibilité désespérée, son impuissance à se contenter des solutions platement humaines, est le type le plus pur de tous ceux que les faillites quotidiennes à jamais ont écarté de l'opportunisme et de ses solutions. De son temps, sans doute n'était-il pas encore de mode de parler d'acte gratuit, mais son exemple déjà nous vaut de savoir que, pour qui veut s'affirmer, rien ne saurait distraire sa pensée de la mort, des sentiments ou des gestes qui la donnent. C'est du meurtre d'un vieux provincial par le Lafcadio des *Caves du Vatican* que fut tirée notion de l'acte gratuit. A noter d'ailleurs que cet acte, gratuit pour la plupart, présente au moins l'intérêt d'aider à croire à la possibilité de n'en prendre à rien. Autrement dit, cet acte qui serait d'essence toute particulière, beaucoup n'en font la découverte et l'éloge que grâce à la confusion de leurs esprits et prennent leur ignorance d'eux-mêmes et des autres pour un détachement dont ils sont incapables. Ainsi par exemple, a-t-on parlé d'acte gratuit à propos de l'affaire Loeb et Léopold : l'assassinat d'un jeune garçon par deux étudiants d'excellente famille de Chicago. Mais, de ce crime, tels étaient les mobiles intéressés que les moindres détails en avaient été fixés par contrat, de même que la récompense accordée à celui des deux criminels qui aidait l'autre à prendre son plaisir du petit cadavre. Jamais fait n'eut de causes plus précises. L'ignorance de ces causes, seule, permit à certains qui en écrivirent de se tromper aussi grossièrement.

Quoiqu'il en soit, l'acte gratuit dans sa forme idéale serait un pont de l'ambition minuscule à la liberté, du relatif à l'absolu. Pour donner tout son sens au simple geste humain, son principe, il doit pousser hors de la réalité quotidienne la créature qui lui sert de truchement. Et c'est pourquoi rien ne pouvait mieux sonder les cœurs et les reins que la question posée par la *Révolution Surréaliste*, lors de sa première enquête.

Le suicide est-il une solution ?

A elle seule cette demande suffit à prouver que, si l'être se méfie des prévisions de son esprit, l'esprit à la fin du compte brise ses entraves, prend son galop et saute par-dessus les minuscules barrières de ruses opposées à sa marche. Des interrogations démoralisantes sont les plus honnêtes, les seules honnêtes réponses à toutes les arguties et soi-disant raisons d'état. Que l'individu agisse en vue d'un bonheur grossier, qu'il se fasse de la science, de la raison autant de remparts d'égoïsme, que peut-il contre une simple, une toute petite phrase de poète :

Terre arable du songe que sert de bâtir ?

Avec ce poète, Saint John Perse, revenu des pays du Soleil levant, des hommes dévoués à l'esprit et qui ne veulent plus des hochets anecdotiques avec quoi on a tenté de les amuser, répètent :

Aux ides pures du matin que savons-nous du songe,
notre aînesse ?

Déjà des astres anxieux s'accrochent au ciel banal des nuits. L'individu sent qu'il va éclater dans sa peau terrestre. Son squelette tend mal ses muscles. Son crâne n'est pas l'écrin qu'il faut à sa cervelle. Et de cela il est sûr comme de la faim, de la soif, de la fièvre. Tout au long de sa moelle court le frisson des certitudes négatives et le Comte Herman de Kaiserling, aussi simplement qu'un livre d'histoire naturelle apprit à notre enfance que l'homme a deux pieds, deux mains, deux bras, deux jambes, un tronc, une tête, un cou, écrit : *Jamais durant toute ma vie, je ne me suis senti identique à ma personne. Jamais je n'ai éprouvé que l'individu eût une valeur essentielle, que mon moi subît les contre-coups de mes apparences, de mes états, de mes actes successifs, de ce que j'éprouvais et de ce qui m'arrivait.*

Après une telle constatation, quelle raison déciderait l'homme à se confiner au sein d'une petite réalité exploitable ? Cette mésentente même pourrait devenir un idéal, car dans le divorce de l'être et de son esprit se trouve la garantie contre la corruption du plus précieux. Au contraire, nous savons à quelle pourriture se condamnait l'individu qui, non satisfait de sa créature terrestre, mais tout de même incapable d'assigner à cette créature un simple rôle relatif, non seulement ne la limitait point, mais encore pour donner, vis à vis de soi-même et des autres, illusion de bonheur ou de dignité quotidienne, pour étouffer les cris du doute, chantait la Marseillaise de sa médiocrité, se galonnait de mensonges éthiques, esthétiques et autres. Et le plus beau de toute cette aventure, c'est que les idolâtres de l'apparence à tout prix mènent sabbat, chantent pouille, s'agitent, parlent de sauver l'esprit, alors que, sous couvert de raison, ils ne négligent rien pour aider à sa décomposition.

Or, si, un jour, le seul mépris répond à toutes leurs patelinades, si certaines intelligences proclament bien haut qu'elles ne consentent plus à être amusées et n'acceptent rien qui n'ait été éprouvé, convient-il de s'alarmer, au nom justement de l'esprit, de parler d'une crise. C'est pourtant parce que la frivolité ne fait plus guère illusion que, depuis plusieurs années dans les livres, les feuilletons critiques des journaux, les revues, un peu partout, a été dénoncé un péril. Le culte des apparences, les préoccupations techniques certes étaient moins angoissantes et nous savons très bien comment, à l'exemple de tel ou tel animal qui peut tomber en sommeil s'il regarde longtemps un point fixe, les réalistes d'une part, et, à leur suite, les esthètes qui n'avaient d'yeux que pour les attitudes, d'oreilles que pour les mots, d'attention que pour les objets, ne se dédiaient ainsi à tout cet attirail que par un confus mais réel désir de somnolence. Or, l'entreprise de salut public que nous apparaît Dada avec le recul de ces quelques années a eu raison et assez vite de toutes les vieilles idoles formelles. Dans un des manifestes du mouvement Dada, lu en février 1920 au Salon des Indépendants, au Club du Faubourg, à l'Université du Faubourg Saint-Antoine et publié en mai 1920 dans la revue *Littérature*, Louis Aragon après un réquisitoire où, par d'énergiques négations, il se refusait définitivement à l'emprise de la vieillerie conventionnelle, s'écriait : *Enfin, assez de toutes ces imbécilités ? Plus rien, rien, rien, rien, rien.* Et il ajoutait : *De cette façon, nous espérons que la nouveauté s'imposera moins égoïste, moins mercantile, moins obtuse, moins immensément grotesque.*

Comment, à de telles révoltes, un homme honnête pourrait-il préférer les petites combinaisons avantageuses ? Un réveil, qu'il s'agisse du réveil pour la vie quotidienne, ou de l'autre, le vrai, le réveil dans la nuit, à la porte du rêve et du mystère, ne va jamais sans lutte. Mais nos visions inquiètes, au seuil des matins et des songes, voilà justement où nous retrouvons ce qui reste en nous de grandeur. C'est là et non dans le coma paisible, le radotage sans fin des après-déjeuner, et, comme le constate André Breton, dès la seconde page du Manifeste du surréalisme : *Réduire l'imagination en esclavage, quand bien même il y irait de ce qu'on appelle grossièrement le bonheur, c'est se dérober à tout ce qu'on trouve au fond de soi de justice suprême.*

L'ESPRIT CONTRE LA RAISON

La seule imagination me rend compte de ce qui peut être et c'est assez pour lever un peu le terrible interdit, assez aussi pour que je m'abandonne à elle sans crainte de me tromper. Comme si l'on pouvait se tromper davantage. Où commence-t-elle à devenir mauvaise, et où s'arrête la sécurité de l'esprit. Pour l'esprit la possibilité d'errer n'est-elle pas plutôt contingence du bien ?

Et certes, cette possibilité d'errer ne va pas sans des menaces de douleur, des nécessités de batailles. Dans la grande aventure qu'est toute lutte de l'esprit pour l'esprit, l'être, s'il veut devenir digne de la liberté, son égide, doit avant tout renoncer au secours facile des apparences et n'accepter rien de ce qui est astuce, gestes composés, charme. Lorsque, le 13 mai 1921, Dada se constituait en tribunal révolutionnaire pour juger Maurice Barrès, André Breton, dans l'acte d'accusation qu'il prononça, déclara entre autres choses : *Profiter du crédit que nous valent quelques trouvailles poétiques heureuses et d'une séduction qui est toute autre que celle de l'esprit pour faire admettre aveuglément ses conclusions dans un domaine où ses facultés exceptionnelles ne s'exercent plus, constitue une véritable escroquerie.*

Voilà une simple et définitive réponse à tous ceux qui, pour faire croire à leur audace, ont choisi des cocardes aux détails et couleurs inusuels, ont vanté l'orchidée d'Oscar Wilde et le boulon à la boutonnière de Picabia. Et que nous importe cette décomposition d'un mauve si faussement délicat, dont se contraignit à vouloir être séduit Barrès au soir de son adolescence. Déjà condamné à ne point aller jusqu'au noyau dangereux, c'est comme dans un coin de sa propre mauvaise odeur qu'il respirait de ses narines parcheminées les miasmes des marais occidentaux. D'une Camargue illimitée, il ne se rappelait que certains remparts de carton pâte, une ville théâtrale et avare et que le vent n'avait pas régénérée. La mort elle-même, il lui fallait tout un maquillage de symboles pour farder son mystère et ses mains d'où ne partait nul faisceau d'ectoplasme, mais qui par de petits gestes ossifiés, tremblotants, disposaient en bouquets faisandés les fleurs qu'elles avaient volées aux pourritures humaines. Et cet égoïsme morbide de vouloir se donner de grands airs. En vérité, tout cet attirail de messe noire ne pouvait produire des miracles, et le secours qu'il demandait à tant de gestes, de lieux, d'êtres artificiels, suffisait à prouver combien il était traître à soi-même, celui qui osait parler d'un *Culte du moi*, alors que son esprit, insuffisant à ses grands desseins, pour vivre, avait besoin d'un âne, d'une petite fille, d'un jardin.

Et certes, ce n'était pas impunément qu'il avait choisi cette ville enfermée en soi, et pourtant non capable de vivre de soi, condamnée à des coquetteries de vieille marionnette. Voilà pourquoi point n'est besoin d'attendre la Chambre des députés, la Ligue des patriotes pour juger de l'homme, pour le définir des fausses pierres dont il se limite, comme Aigues Mortes de ses remparts. Donc son influence fut de lettres et non d'esprit. L'écho

Barrésien n'est pas d'un secret bien difficile. Ses phrases se laissent décortiquer. Excellente technique sans doute, mais du même ordre, somme toute, que celle des joueurs de billard. Il a réussi des carambolages de mots. Mais après ? Et voilà bien certes l'escroquerie dénoncée par André Breton, escroquerie d'ailleurs qui n'est pas un cas particulier, puisque le même Breton, à plus de cinq années d'intervalle, dans une brochure intitulée *Légitime Défense* qu'il vient de publier, précise : *Il ne s'agit pas du tout pour nous de réveiller les mots, de les soumettre à une savante manipulation pour les faire servir à la création d'un style aussi intéressant qu'on voudra. Constater que les mots sont la matière première du style est à peine plus ingénieux que présenter les lettres comme base de l'alphabet. Les mots sont en effet bien autre chose, et ils sont même peut-être tout. Ayons pitié des hommes qui n'ont compris que l'usage littéraire qu'ils pouvaient en faire et qui se vantent par là de préparer la renaissance artistique qu'appelle et qu'ébauche la renaissance sociale de demain.* Et certes, en dépit des cadres de brutalité qu'on pourrait leur combiner, les *usages littéraires* ne seront jamais que des simagrées. Que pèsera la phrase la mieux habillée, en comparaison d'une pensée nue, d'une sténographie géniale telle que celle de la Saison en Enfer. Libérées de leurs robes à traines, de leurs manteaux prétentieux, les images, les idées de nos plus réputés stylistes apparaissent plus pauvres que Job. Secret de couturière, art d'arranger les restes. Mais qui donc osera se vanter d'avoir saisi les procédés d'un Baudelaire, d'un Lautréamont, d'un Rimbaud. Durs, nus, révolutionnaires, ils ont fait craquer les cadres, envoyé au diable les murs, les poivrières des faux remparts ; même leur mémoire échappe à l'emprise de tel ou tel parti, et il n'y a qu'un éclat de rire pour accueillir le titre choisi par un écrivain bien pensant pour une étude sur l'auteur des Fleurs du Mal, qu'il baptise, sérieux comme Artaban, *Notre Baudelaire.* En opposition aux salamalecs de tous nos officiels déguisés ou non, je pense encore à l'humour de Jarry, aux poèmes blanc sur blanc de Paul Eluard. Un œuf jamais n'a réparé sa coquille. Barrès, Aigues-Mortes ont essayé de se faire une coquille. Pour prendre bonne opinion de soi, ils se sont forcés jusqu'à la piètre notion d'individualisme. Comment s'étonner, si, en dépit de tant d'efforts lyriques, le député des Halles sent le vieux bas de laine. Son égoïsme que nous ne saurions comparer, ni de près ni de loin, au subjectivisme idéal, égoïsme ennemi de l'esprit par roublardise paysanne, accroché à tout ce qu'il croit notion de réalité, assez grande coquette pour vouloir jouer avec ce qu'il redoute le plus, nous voyons très bien quel secours furent pour lui les accessoires, guerre, patrie, Bérénice, et en dernier lieu ce *Jardin sur l'Oronte*, entre deux séances de la Chambre des Députés, comme les joies de la rue des Martyrs pour d'autres, avec cette différence, encore, que, rue des Martyrs, on peut redouter une congestion, la mort, tandis qu'au Jardin sur l'Oronte, les arbres bien taillés, les mannequins de velours et de soie n'ont jamais fait de mal à personne et seraient bien en peine d'en pouvoir faire.

Barrès, pris comme exemple de cette résistance à l'esprit, de cette ruse, les symboles par lui choisis (Venise, Tolède, Camargue) n'ont d'ailleurs point à répondre du malaise de son œuvre, de ses juxtapositions inconciliables. Lui seul doit être incriminé, qui se douta de quelque chose, mais n'en usa pas moins des plus futiles simulacres. Crime contre l'esprit et reniement du plus précieux, la pensée devenue art d'agrément comme la mandoline de la fille de la concierge, et à la fin du compte, voleur volé, fausseté, ennui de qui a si fort voulu ne pas être dupe. Tant pis, car il faut beaucoup de naïveté pour faire de grandes choses et rien d'admirable n'apparait possible sans cette innocence dont le spectacle faisait écrire à Robert Desnos, à propos du peintre Miro dont les tableaux venaient de se révéler si libres, si révolutionnaires, que nul ne pouvait se défendre d'en avoir été surpris : *Miro est un peintre béni.* Ainsi semblablement furent bénis tous ceux qui osèrent briser les frontières des pourritures avantageuses. Mais que penser du sot et mauvais romantisme de qui range Rimbaud *poète béni* par excellence, dans les rangs des poètes maudits. A la vérité, la couardise de certains juges, seule, put les décider à parler ainsi d'une bouleversante liberté, de ses miracles.

Pour l'esprit, ce n'est point une malédiction, mais une bénédiction (et un peu plus il faudrait parler de grâce), que de ne pas se trouver en accord avec le monde extérieur, car, si rien ne le choquait des apparences ou des lois que les hommes se sont données à eux-mêmes, l'esprit, avec ces apparences, ces lois, se confondant, n'aurait point de vie propre. Toute poésie, toute vie intellectuelle, morale, est une révolution, car toujours il s'agit pour l'être de briser les chaînes qui le rivent au rocher conventionnel. Il ne convient pas de parler de mage. Lautréamont n'a-t-il pas dit : *La poésie peut être faite par tous, non par un.* Commentant cette phrase, Paul Eluard écrit : *La force de la poésie purifiera les hommes, tous les hommes. Toutes les tours d'ivoire seront démolies, toutes les paroles seront sacrées, et ayant enfin bouleversé la réalité l'homme n'aura plus qu'à fermer les yeux pour que s'ouvrent les portes du merveilleux.*

Une fois pour toutes, condamnés en bloc les cadres agréables, divertissements et plaisirs destinés à céler ce que l'intelligence risquerait de découvrir de plus ou moins contraire à l'individu, si nous nous refusons à user, en vue de profit individuel, des faits ou dispositions favorables, il est dès lors non moins injuste d'aller chercher dans une apparence néfaste des raisons contre l'esprit.

Libre donc à Paul Valery d'évoquer sur le mode lyrique les frissons extraordinaires qui ont couru sur la moelle de l'Europe, les produits connus de l'anxiété qui va du réel au cauchemar et retourne du cauchemar au réel, libre à lui de prononcer l'oraison funèbre du

Lusitania et d'entonner ses thrènes. Ni le frisson extraordinaire, ni les produits connus de l'anxiété, ni l'histoire pitoyable du Lusitania, ni aucun des spectacles où il est d'une telle facilité de nous convier à nous apitoyer et qui dans leur plus terrible désolation demeurent tout de même du domaine relatif, ne sauraient être invoqués comme preuves ou causes d'une crise de l'esprit.

Crise de l'esprit ? Le symbole est bien commode, mais l'expression même trop lourde de sous-entendus pour que ne s'éveille point notre méfiance. Le pittoresque vague d'une telle formule d'ailleurs ne pouvait que lui assurer un succès et la quasi universelle vanité se réjouit de ces mots où sa prétention a trouvé de quoi être doucement flattée, de quoi prendre sa revanche des épreuves que nul n'ignore dans notre lopin de temps et d'espace. Mais s'il fallait les malheureux accidents énumérés par Paul Valéry pour qu'une civilisation, selon ses propres termes, apprît à savoir qu'elle était mortelle, une telle civilisation qui n'a pas mis en doute la légitimité de son orgueil raisonneur, tant qu'elle a joui sans péril d'un petit bien-être quotidien, semble n'avoir été redevable de ses années paisibles qu'au défaut de la plus élémentaire clairvoyance. Autruche qui ferme les yeux et croit qu'elle ne sera point vue, nous savons qu'elle avait mauvaise conscience, comme les trop gros mangeurs mauvaise haleine. Aussi, ne nous attendrirons-nous point au spectacle de ses minuscules sécurités perdues.

Au reste, en admettant que l'Occident, limité par les raisons de sa raison, fut assez myope pour confondre ses vues dans le temps et l'espace avec le parfait, l'universel, l'éternel, d'ordre si vulgaire qu'ils aient pu être, les malheurs qui l'ont éveillé de sa béatitude, s'ils marquent une crise politique, économique, bien moins que la période satisfaite de Relativo-réalisme, méritent-ils d'être pris pour les signes d'une crise de l'esprit. Epreuves utiles, n'est-ce point de leur ensemble que nous avons pris argument pour repousser les tentations de la peur, les lâchetés conseillées par la raison. Que l'esprit ne soit point d'accord avec le monde extérieur, qu'il se refuse à suivre les contours des objets, des faits, ne sache en tirer aucun parti, et même, le cas échéant, se refuse à en tirer aucun parti, voilà qui ne saurait être donné en preuve de son mauvais état. Instruisant le procès de l'attitude réaliste, André Breton dans le *Manifeste du Surréalisme* constate : *l'attitude réaliste inspirée du positivisme de St Thomas à Anatole France m'a bien l'air hostile à tout essor intellectuel. Je l'ai en horreur car elle est faite de haine et de plate suffisance. C'est elle qui engendre aujourd'hui les livres ridicules, les pièces insultantes. Elle se fortifie sans cesse dans les journaux et fait échec à la science, à l'art, en s'appliquant à flatter l'opinion dans ses goûts les plus bas: la clarté confinant à la sottise, la vie des chiens. L'activité des meilleurs esprits s'en ressent. La loi du moindre effort finit par s'imposer à eux comme aux autres. Une conséquence plaisante de cet état de choses, en littérature par exemple, est l'abondance de romans. Chacun y va de sa petite observation. Par besoin d'épuration, Paul Valéry proposait dernièrement de réunir en volume un aussi grand nombre que possible de débuts de romans de l'insanité desquels il espérait beaucoup. Les auteurs les plus fameux seraient mis à contribution.*

Et quelques lignes plus loin, citant Dostoiewsky et la description d'une chambre dans *Crime et Châtiment*, Breton conclut : *que l'esprit se propose même passgèrement de tels motifs, je ne suis pas d'humeur à l'admettre.* Or de tels motifs, non seulement beaucoup les ont admis mais encore s'y sont arrêtés, n'ont vu qu'eux et par leur faute ont négligé l'essentiel. De ce même *Crime et Châtiment* par exemple fut tiré un film où nous pouvions contempler des maisons entassées au gré d'une imagination si biscornue que rien de touchant ne demeurait. Mais l'esthétisme de l'apparence n'est d'ailleurs pas le seul à craindre, et nous pourrions appeler « *le mauvais tour joué par Dostoiewsky* », certain besoin d'excentricité sentimental, désir d'affirmer de mauvais penchants, hâte à répéter « *Nous aussi nous pouvons faire des cochonneries* ». Ces sinistres farces n'ont rien à voir avec le merveilleux auquel tant ont voulu les assimiler, et dont la production littéraire artistique contemporaine offre de bien étranges exemples. J'appellerai aussi « le mauvais tour de Lafcadio » les combinaisons plus ou moins conscientes d'actes qu'on nous propose comme modèles du gratuit, sans que d'ailleurs, aussi bien pour Gide que pour Dostoiewsky, nous ayons le droit de reprocher à ces auteurs une influence que des lecteurs trop hâtifs les forcent d'avoir. Les projections réelles de leurs œuvres, nul ne saurait en mesurer la force, la lumière, les progrès. De même aussi pour Stendhal et de ce fait-divers par lui métamorphosé en fait lyrique. Les annales criminelles qui lui fournirent ce que les critiques appellent un sujet, dans leur brutalité officielle, n'avaient même pas cette valeur objective intangible, objet de la foi positiviste, puisqu'il put en dérouler la bouleversante suite de récits, de pensées, d'images que l'on sait. Dès lors pourquoi tolérer des expressions telles que *Raison objective*. Le non-sens d'une telle formule est trop facile à éprouver et même, en dépit de sa grise humilité, comment admettre que ladite raison puisse épouser la matière, suivre les contours des choses. Ainsi entre autres bienfaits, un livre du genre du *Manifeste du Surréalisme* eut celui de nous montrer combien, au fond de l'homme, dur doit être le noyau d'injustice, d'indignité à devenir libre pour qu'il ait si aisément consenti à se laisser enfermer sans regimber au milieu du bric-à-brac réaliste. Mais enfin commencent à être jugées à leur prix les raisons que donnèrent pour vanter leurs taudis les gardiens de ce bric à brac, et déjà, nous pouvons affirmer que la crise de l'esprit ne suit point les oscillations d'une plus ou moins grande prospérité matérielle, ne désigne point l'état d'une intelligence révoltée contre le bluff d'un monde arbitrairement raisonnable, mais au contraire, mérite de qualifier les minutes, les années, les siècles où l'esprit croit à sa puissance parce qu'il se traîne à l'aide des béquilles réalistes.

Au reste, comme le remarque Aragon dans *Une vague de rêves : Il fallait pour que l'idée de surréalité affleurât la conscience humaine d'extraordinaires écoles et les événements des siècles amoncelés.*

Puis où se plait-elle à surgir ? C'est au milieu de considérations bien particulières au cours de la résolution d'un problème poétique, à l'heure, il est vrai, où la trame morale de ce problème se laisse apercevoir qu'André Breton, en 1919, en s'appliquant à saisir le mécanisme du rêve retrouve au seuil du sommeil le seuil et la nature de l'inspiration.

Dans l'abord, cette découverte, qui en cela seul déjà est très grande, n'est rien d'autre pour lui et pour Philippe Soupault qui se livre avec lui aux premières expériences surréalistes. Ce qui les frappent, c'est un pouvoir qu'ils ne se connaissent pas, une aisance incomparable, une libération de l'esprit, une production d'images sans précédent et le ton naturel de leurs écrits. Ils reconnaissent dans tout ce qui nait d'eux ainsi sans éprouver qu'ils en soient responsables tout l'inégalable de quelques livres, de quelques mots qui les émeuvent. Ils aperçoivent soudain une grande unité poétique qui va des prophéties de tous les peuples aux Illuminations et aux Chants de Maldoror. Entre les lignes ils lisent les confessions incomplètes de ceux qui ont tenu un jour leur système.

A la lueur de leur découverte, la Saison en Enfer perd ses énigmes, la Bible et quelques autres aveux de l'homme sont leurs loups d'images, mais nous sommes à la veille de Dada. La morale qui se dégage pour eux de cette exploration, c'est le bluff du génie. Ce qui s'empare d'eux alors c'est l'indignation devant cet escamotage, cette escroquerie qui propose les résultats littéraires d'une méthode et dissimule que cette méthode est à la portée de tous. Si les premiers expérimentateurs du surréalisme dont le nombre est tout d'abord restreint, se laissent aller à leur tour à cette exploitation littéraire, c'est qu'ils se savent capables d'abattre un jour les cartes et qu'ils éprouvent les premiers le grand charme issu des profondeurs.

Comme la beauté de toute cette page de Louis Aragon et sa lyrique intelligence aussi font mieux comprendre par opposition tout ce qu'il y a de louche dans l'opportunisme et ses malices, dans l'attitude du monsieur qui se donne des airs pour paraître savoir à quoi s'en tenir. De même, de tous ceux qui prennent certains êtres, faits ou choses comme mesure d'autres êtres, faits et choses. L'obstination à juger petitement, à faire semblant de croire à la réalité, à donner cette réalité en aliment à l'esprit avec l'illusion que plus elle sera basse, facile, méprisable, moins elle comportera de périls, l'acharnement individuel à tout peser, relativement à soi, afin de tout accommoder à son intérêt propre, d'en prendre bonne opinion, les sourires attendris des critiques ou romanciers lotissant les steppes du rêve, et, pour résumer, tout ce qui permet ou prouve l'habitude simpliste de se limiter dans la conscience, voilà qui a rapetissé l'être et corrompu son esprit. Or, s'il n'est guère consolant qu'il ait fallu attendre si longtemps pour que l'idée de surréalité, selon l'expression de Louis Aragon, affleurât la conscience, comment, aujourd'hui que le problème est sinon résolu, du moins posé et nettement posé, comment supporter la paresse, le défaut de générosité, la peur du risque, dont font preuve tous ceux qui se refusent aux magnifiques possibilités d'errer en faveur de trois millimètres carrés d'ennui figé ? Et dans leur effroi de n'être plus à l'abri sous le toit de la raison médiocre, sous le chaume d'un réalisme qui n'est pas même ignifugé et dont le vent risque d'éparpiller les brins avaricieusement joints au cours des siècles d'économie triste, dans leur trouille devant l'intelligence dès qu'elle ne consent plus à jouer les utilités, les partisans du sens commun, de l'ordre à tout prix, obligés enfin de voir à quoi les contraignent ces mythes, usent des piètres ressources d'un romantisme de bas étage. Et voilà pourquoi, à tout bout de champ, est invoqué le soi-disant nouveau mal du siècle, pilule bien dorée et mieux lancée qu'une spécialité pharmaceutique, formule que son pseudo-inventeur, depuis certain prospectus publié en toute complaisance par la *Nouvelle Revue Française*, voici deux ans, a offerte, gros et détail, aux courriéristes de quotidiens, aux critiques distingués des revues mensuelles.

Singulière position en tous cas que celle du commentateur qui voit un mal dans la révolte de l'esprit, la baptise signe de faiblesse comme si la bonne santé, la force étaient de croire, d'accepter de croire que tout est pour le mieux dans le meilleur des mondes.

A ce compte là, des hommes de la trempe d'un Rousseau, d'un Luther seraient quantité négligeable, et, contre eux, auraient raison les cuistres qui ont mis des siècles à n'en point revenir d'une telle franchise, d'une telle audace spirituelle. De même aurait raison contre Freud ce poète officiel qui déclarait à propos des récentes découvertes de la psychanalyse : Freud, oui, un homme extraordinaire, mais comme ses remarques sont choquantes, et il prête des pensées d'une inconvenance aux jeunes filles !...

Or, ce qui aide à l'équivoque c'est que, si, en fait, comme le note André Breton dans le *Manifeste du Surréalisme*, nous vivons encore sous le règne de la logique, les procédés logiques de nos jours ne s'appliquent plus qu'à la résolution des problèmes secondaires. Et Breton d'ajouter : *Le rationalisme absolu qui reste de mode ne permet de considérer que les faits relevant étroitement de notre expérience. Les fins logiques, par contre, nous échappent. Inutile d'ajouter que l'expérience même s'est vu assigner des limites. Elle tourne dans une cage dont il est de plus en plus difficile de la faire sortir. Elle s'appuie elle aussi sur l'utilité immédiate et elle est gardée par le bon sens. Sous couleur de civilisation, sous prétexte de progrès, on est parvenu à bannir de l'esprit tout ce qui se peut taxer à tort ou à raison de superstition, de chimère, à prescrire tout mode de recherche de la vérité qui n'est pas conforme à l'usage. C'est par le plus grand des hasards en apparence qu'a été récemment rendue une partie du monde intellectuel et de beaucoup la plus importante, dont on affectait de ne plus se soucier. Il faut rendre grâce aux découvertes de Freud. Sur la foi de ces découvertes, un courant d'opinion se dessine enfin, à la faveur duquel l'explorateur humain pourra pousser plus loin ses investigations, autorisé qu'il sera à ne plus seulement tenir compte des réalités sommaires. L'imagination est peut-être sur le point de reprendre ses droits. Si les profondeurs de notre esprit récèlent d'étranges forces capables d'augmenter celles de la surface ou de lutter victorieusement contre elles, il y a tout intérêt à les accepter, à les capter d'abord pour les soumettre, ensuite, s'il y a lieu, au contrôle de la raison.*

Quel discours, mieux que cette page d'André Breton pourrait préciser l'état des choses. Servi par un sens peu commun des valeurs, l'auteur du *Manifeste du Surréalisme* assigne ainsi à la raison son véritable rôle qui est de contrôle. Adjudant de l'intelligence, ses attributions l'empêchent de voir large, d'aller à l'essentiel, mais parce qu'il est trop facile de s'absorber dans des détails, la lutte injuste entre elle et l'esprit ne cesse de se poursuivre. Tout de même n'est-ce point déjà pour l'esprit une victoire magnifique et quasi-inespérée que cette liberté nouvelle, ce sursaut de l'imagination qui triomphe du réel, du relatif, brise les barreaux de sa cage raisonnable et, oiseau docile à la voix du vent, déjà s'éloigne de terre pour voler plus haut, plus loin.

Responsabilité, merveilleuse responsabilité des poètes. Dans le mur de toile, ils ont percé la fenêtre dont rêvait Mallarmé. D'un coup de poing ils ont troué l'horizon, et voilà qu'en plein éther vient d'être découverte une Ile. Cette île, nous la touchons du doigt. Déjà nous pouvons la baptiser du nom qu'il nous plaira. Elle est notre point sensible. Mais que, grâce à des hommes, leurs semblables, à portée de la main soit ce point sensible, cette corbeille de surprises, de dangers et de douleurs, c'est bien ce que ne sauraient pardonner tous ceux qu'effraie le risque et cependant tente l'aventure. Il est un fait que, depuis deux années, le problème de l'Esprit et de la Raison, plus nettement que jamais posé par le surréalisme, n'a plus laissé indifférent quiconque a le goût des choses de l'intelligence. Et même ceux qui, trop faibles pour accepter la redoutable liberté offerte, préfèrent continuer à vivre dans le petit fromage de la tradition, ne peuvent s'empêcher, parmi toutes les œuvres d'aujourd'hui de préférer celles qui expriment le plus parfaitement la nécessité de libération. Sans doute, une claire bonne foi, la continuité de certains efforts ne peuvent manquer de forcer au respect, et la fidélité à l'esprit a d'autant plus de valeur si on la compare à l'inconstance de beaucoup qui, d'abord décidés à aller de l'avant, n'ont point persévéré dans les voies de l'audace et, parvenus à certaine altitude, privés des parapets séculaires, ont été pris d'une telle peur qu'ils n'ont osé marcher plus longtemps ni risquer davantage. D'où leur retour sournois déjà mentionné aux questions accessoires, à des problèmes de forme. Ils essaient de se rattraper aux branches secondaires, de dessiner des arabesques, d'oublier le fond pour la forme, de ne plus penser au pourquoi, mais au plus simple, au plus facile comment.

Qui donc d'ailleurs, durant les premiers lustres de ce siècle, eût prévu à coup de quel vigoureux questionnaire seraient poursuivis les romanciers, benoitement réalistes. Le premier qui leur fut porté fut celui de l'enquête menée au lendemain de la guerre, en 1919, par la revue *Littérature* qui osa demander aux pontifes : *Pourquoi écrivez-vous ?*

Voilà bien de quoi éberluer les plus brillants de la carrière des lettres. On fonçait droit sur leur somnolence, on s'acharnait contre leur routine, on secouait leur apathie gavée. Leurs réponses les trahissaient mais ils n'osaient se taire, intimidés par l'audace des nouveaux venus qui ne craignaient point de recourir à des procédés aussi directs, dédaignaient de composer, interrogeaient les autres et soi-même sur les questions essentielles. Délire insensé de tant de vieux Noés qui ne purent cuver en paix leur encre. Une épingle piquait au beau milieu pour les dégonfler, les creuses bedaines et la transparence de leur ennui permettait de voir, intestins monstrueux, leurs chapelets de nauséabonds motifs.

Voilà par quelle enquête a débuté la lutte de l'esprit contre la raison que devaient poursuivre Dada, l'écriture automatique, le surréalisme. La brusquerie de l'attaque, spontanément, ébranla et jusque dans ses plus profondes et traditionnelles racines l'opportunisme. Du premier coup la preuve venait d'être faite que toute poésie est une révolution en ce qu'elle brise les chaînes qui attachent l'homme au rocher conventionnel. Déjà voici venir le temps où nul n'osera sans rire se justifier par des raisons formelles et c'est ainsi que le professeur Curtius, dans un récent article sur Louis Aragon a pu le louer *d'avoir vaincu la beauté, ce prétexte, par l'authentique poésie.* Un tel éloge, méritent de le partager les meilleurs d'aujourd'hui qui ne se sont souciés ni des secours de la forme, ni des faciles séductions des couleurs. L'œil d'un Picasso, aigu à percer les nuages commodes, déchire les voiles des brouillards trop doux, pour éclairer d'une lumière inexorable les mystères cachés derrière chaque objet, chaque forme, chaque couleur. Alors se lèvent de hautains fantômes que ne tentent ni le romantisme du geste, ni les draperies, ni les effets de costumes ou d'attitude.

Nous les avons suivis jusqu'au plan où Max Ernst nous dit *qu'au dessus des nuages marche la minuit. Au dessus de la minuit plane l'oiseau invisible du jour, un peu plus haut que l'oiseau, l'éther pousse les murs et les toits flottent.* Ailes des paupières, nos regards volent et le vent en l'honneur duquel Picasso de chaque pierre triste a fait jaillir les Arlequins et leurs sœurs cyclopéennes et tout un monde endormi dans les secrets des guitares, l'immobilité du bois en trompe l'œil, les lettres d'un titre de journal, le vent en l'honneur duquel Chirico a construit des villes immuables et Max Ernst ses forêts, pour quelles résurrections emporte-t-il nos mains, ces fleurs sans joie. J'ai vu un tableau de Joan Miro où un cœur rouge battait à même un ciel bleu. Magicien des palpitations subtiles, Max Ernst, lui, nous offre des colombes dont nos doigts veulent éprouver la chaleur, les craintes, les volontés. Ainsi, nous hante le secret d'une création si simple, si naturelle que nous allons droit aux toiles, comme si leur cadre en vérité n'était qu'une simple porte. Semblable miracle dans des rues, où tout jusqu'à la fumée s'était pétrifié sous une lave glauque, nous fut offert par Georgio de Chirico. Avenues insensibles d'une cité creusée au centre même de la terre, son ciel ignorant du chaud et du froid, l'ombre de ses arcades, de ses cheminées, en nous donnant le mépris des apparences, des phénomènes, déjà, nous rendait plus digne du rêve absolu où un Kant put sentir son esprit s'amplifier en plein vertige nouménal.

Les remparts ont craqué, l'ombre de la mort à elle seule disjoint les plus lourdes pierres. *Visage perceur de Murailles* explique le poète Paul Eluard et de la planète minuscule nous partons pour le pays sans limite.

Des oiseaux alors s'allument en plein ciel, la terre tremble et la mer invente ses chansons nouvelles. Le cheval du rêve galope sur les nuages. La flore et la faune se métamorphosent. Le rideau du sommeil tombé sur l'ennui du vieux monde soudain se relève pour des surprises d'astres et de sable. Et nous regardons vengés enfin des minutes lentes, des cœurs tièdes, des mains raisonnables.

Univers imprévu, quels océans peuvent jusqu'à ses bords mener les navigateurs du silence? A cette question, Max Ernst a répondu par le nom trouvé pour le plus surprenant de ses tableaux : *La révolution la nuit.*

La révolution la nuit. Nous savons que l'esprit attentif aux contours, docile aux objets, soumis à leur apparence ordinaire, comme on lui a si longtemps conseillé d'être, n'aurait pas de vie propre et même, à vrai dire, n'existerait pas. Ainsi l'homme libre dédaigneux de la conscience et de son joug aspire à la nuit, son bonheur, sa liberté. André Breton ne nous rapporte-t-il point et non sans raison, dans le *Manifeste du Surréalisme* que Saint-Pol-Roux avait écrit sur la porte de sa chambre à dormir, de sa chambre à rêver : *Le poète travaille.* Et ce travail n'a rien à voir avec les festons, astragales et petits mensonges multicolores qui décidaient Pascal à comparer les soi-disants poètes de son siècle à des brodeurs. L'ère des divertissements passée, qui donc se contenterait des pointes, jeux d'esprit dont tant n'acceptent le secours qu'à seule fin d'éviter d'aller au centre même du débat. Alors ils se croient à l'aise et se réjouissent de se croire à l'aise au milieu même de la forteresse d'individualisme rationalo-positiviste où ils se sont réfugiés, eux et leurs vieux troupeaux. Et jusqu'à ce qu'ils meurent écrasés sous les platras de leur fausse culture ils nieront les évidences qui les dépassent et tâcheront de faire prendre leurs excentricités extérieures pour la liberté elle-même. Effrayés par tout ce qui les dépasse comme le cheval Bucéphale par son ombre, après avoir henni de suffisance, ils croiront avoir vaincu l'ombre et la peur. De leurs poissons rouges ils feront des baleines, mais, juste revanche, ils se noieront dans le ruisseau. Accrochés au souvenir, aux faits, jamais ils ne connaîtront cette exaltation de qui a renoncé à la joie du ventre, à cet espoir dont Paul Valéry nous disait qu'il n'est que la méfiance de l'être à l'égard des prévisions de son esprit...

Le poète, lui, au contraire, ne flatte ni ne ruse. Il n'endort pas ses fauves pour jouer au dompteur, mais toutes cages ouvertes, clés jetées au vent, il part, voyageur qui ne pense pas à soi mais au voyage, aux plages de rêves, forêts de mains, animaux d'âme, à toute l'indéniable surréalité. Et voyez son mépris des rocailles, des travestis. Le livre de ses songes, il le lit comme ces leçons de choses où son enfance essaya d'apprendre à connaître l'économie du monde, la marche du temps, les caprices des éléments et les mystères des trois règnes. C'est, en plein ciel, un récit aux couleurs plus persuasives, plus périlleuses que le chant légendaire des sirènes.

Des hommes en d'autres temps avaient la joie de planter des arbres qu'ils appelaient arbres de la liberté. La poésie qui nous délivre des symboles plante la liberté elle-même et son ascension laisse très loin derrière, très bas sous elle, les sons, les couleurs qui l'expriment.

Mais quel technicien comprendra jamais ?

Automne 1926.

Parus dans la même collection :

N° 1. AUGUSTE LAGET :
MARCEL PROUST.

N° 2. PIERRE HUMBOURG :
JEAN GIRAUDOUX.

N° 3. PHILIPPE SOUPAULT :
GUILLAUME APOLLINAIRE.

N° 4. MARCEL SAUVAGE :
POÉSIE DU TEMPS.

N° 5. ANTONIN ARTAUD :
LE PÈSE-NERFS.

A paraître :

N° 7. MARCEL BRION :
GOBINEAU.

N° 8. LEON PIERRE-QUINT :
ESSAI SUR LE SADISME.

N° 9. GEORGES BOURGUET :
ANDRÉ GIDE.

N° 10. RAMON FERNANDEZ :
MANIFESTE DE L'HUMANISME.

La première série de la collection « Critique » sera terminée à ce numéro 10.

Achevé d'imprimer
par MISTRAL
à Cavaillon
le 5 décembre 1927
pour
" Les Cahiers du Sud "